U0473281

W. S. MERWIN

世界的十字路口及其他

Selected Poems

〔美〕W. S. 默温 著
伽 禾 译

人民文学出版社
PEOPLE'S LITERATURE PUBLISHING HOUSE

著作权合同登记：图字 01-2024-2398

Selected Poems
by W. S. Merwin

图书在版编目（CIP）数据

世界的十字路口及其他 / (美) W.S. 默温著 ; 伽禾译 . -- 北京 : 人民文学出版社 , 2024. -- (巴别塔诗典). -- ISBN 978-7-02-018719-5

Ⅰ . I712.25

中国国家版本馆 CIP 数据核字第 2024ZN3763 号

责任编辑　朱卫净　何炜宏
装帧设计　李苗苗

出版发行　人民文学出版社
社　　址　北京市朝内大街 166 号
邮政编码　100705

印　　制　凸版艺彩（东莞）印刷有限公司
经　　销　全国新华书店等

字　　数　98 千字
开　　本　889 毫米 ×1194 毫米　1/32
印　　张　7
插　　页　5
版　　次　2024 年 8 月北京第 1 版
印　　次　2024 年 8 月第 1 次印刷

书　　号　978-7-02-018719-5
定　　价　75.00 元

如有印装质量问题，请与本社图书销售中心调换。电话：01065233595

目录

声明：大洪水的假面剧[①]

致蒂朵

安静之前会有咳嗽，接着是
期盼；安静的征兆
往往由一段时断时续的音乐相迎
口齿不清断断续续；
影子变长摇曳，像是
某种选择消遣般随意
在那里生长是林木造型术，放松的眼界
对擅闯的意外习以为常，
一个人戴着无知的面具即将登场
对着陡然酝酿的风默思。

另一个会从南边上来
故作慌张，说着灾难，

① 选自诗集《两面神的面具》(1952)。

_ 2

膨胀海洋的故事，沉没的
大陆，淹溺的世界，和镜子里的
溺水；在这预兆上
让他们补充更多越来越多，
以越发黑暗的音节，讲述影子，仿佛
他们在麇集的黑暗下站立
不安地做交换，直到他们的
身影像一阵言语散在风中。

就这样，像一阵絮雨，以交谈开始，
天将陡然变色，人造世界将会猛冲
失去控制。要有一艘船。
救赎遭到搜查，狡猾地摆脱
直到登上那舞台还有暴力，在
暴风雨的帘幕和动荡的大海之间，
有盖子的篮子，里面也许有婴孩，
长满蒿柳在影子上浮着，
随波滑行，不可能的航行
如莲花承载一头公牛。

一连串的话要低吟浅唱
山会被忘记；猛兽要来了；

它们来了，方舟旁边，男人
孤独极了，他的舌头
把四季一一道来，
颤抖，目光茫然像是在追逐
乌鸦最后的聒噪，寻找
肯定、怜悯、岛
或造了城的山，却只看到
一座座城在崩坍。

到来的野兽有：莲花上的公牛
肩头生着翅膀；一只羊，有翅膀；
缓缓游来的巨蛇；
翅膀如落叶的狮子；
它们在慢慢移动的方舟上转动
生着翅膀的轮，野兔、猪、鳄鱼，
骆驼、老鼠也来了；唯一的人，
还是靠孱弱的肢体蹒跚前行在篮子上方——
对他来说仁慈的海不该出现
暴风雨，黯淡的天空火炬无法照亮。

（为什么都说这些野兽成对到来
既然对其本身的剖析

都集中在个体?）他们走在
影子旁边；其最好的姿势是
空气折皱的幻觉。
他们的繁殖只是
让墙上的黑暗加倍，夜里地球的
倾斜影响了他们的影子
在全食发生之际变得僵直；
影子将是他们瘦弱的后裔。

最终洪水消退的迹象：陆地
从水中浮现；野兽离去；说出
震惊话语的人一定想起了某片地域的景象
在那里死去的年份围成
沉默的一圈，废墟越发干涸的景象
把他唤起，他起身，跌跌撞撞跟在
越行越远的野兽后面，在七色
纸彩虹下，那道弧他看作承诺，
行动让人吃惊，
独自一人，力量枯竭，重新振奋。

一片飘落的叶也许就是所有树。如果是这样
我们就懂得了飘落的音调。我们要找到

描述上升的用语，描述离开的语词；
时间充裕在那狂欢
教导出秩序演练时日
直至时日完成以前：于是此刻鸽子
与橄榄树谋划幽会，
含糊地啼叫着时间的姿态：
白日沉没，太阳坠落
沉甸甸，风里些许雨的预兆。

有关诗歌[①]

我不懂得世界，父亲。
磨坊水池旁花园尽头
有个男人倚着倾听
溪流里转动的轮，只是
那里无轮可转。

他坐在三月的末尾，却也坐在
花园的尽头；他的手插在
他的口袋里。没有专注于
一种期望，也没有倾听
昨天。转动的轮。

当我开口，父亲，就必须提到
世界。他没有移动

① 选自诗集《起舞的熊》(1954)。

他的脚也没有抬起
唯恐惊扰他听到的声音
像没有呼喊的痛苦，他在倾听。

我不认为我喜欢，父亲
在倾听之前往往会
做的准备。这
不公平，父亲，就像轮转动的
原因一样，虽然无轮可转。

我说起他，父亲，因为他
在那儿手插在口袋里，在花园
尽头倾听转动
并不存在的轮，却是世界，
父亲，我不懂得。

利维坦[①]

黑色的海兽劈开海浪，
古老得像海底迁移的山，在海的陷阱里
潜行，深深地耕犁
咸土，身后拖出灰白的航迹，
背上喷出水柱，额头似拳头
冲向灰绿色的荒野，如呼啸的田野间的
野马，经过船只的骨架，
碎溅的波浪，尸骸上下颠簸
已被遗忘，冰层闪烁的岛，
他吞下污浊的水流，引领浪头，
驾驭深处的潜流，寻到栖身地
猎物丰盛。再莽撞的水手
也闻风丧胆，他的体量难以描述：
像起伏的山，

① 以下 4 首选自诗集《野兽遍地》(1956)。

黝深，又如流冰构成的峭壁，顶部被闪电劈断，
就像陆地本身趁着夜色显现，海浪翻腾四散。
沿他的河岸奔涌，浅滩预示着
巨口的幽深；谁会在他身旁停泊
一路步行将会发现并非花园的门，
脚下黑黝黝的山下潜，
遮蔽头顶，又冷又深，溺亡。
他被叫作利维坦，以翻滚闻名
第一个被创造出来，
他载着约拿载了三天三夜，
他是海里蜷伏的巨蛇，
骇人的海兽，地底的影子。
却也有安静的时候
像天使，迷路的天使，
四周茫然，没有人眼转动，
没有鸟儿飞翔，鱼儿跳出水面，什么都
无法在他之后承继大地的空寂。
两侧翻滚的泡沫渐渐平息，
等待；他一只眼睛望着
黑夜渐渐下沉，一只眼睛迎来白日
开始照耀熙攘的草地。他没有叫喊
虽然光是一次呼吸。海蜷曲，

星攀升，风阵阵，仍被自己拖累
像起初那样，造物主的手尚未
满意。他等待世界开始。

站

两块木板构成的顶棚聊胜于无，背
靠倾斜的山，一张帘子
破旧的粗麻布有时翻动
海风拨弄：
离那一点已遥远我们
不禁频繁嘀咕
没有路了只有静静的乡间
在眼前摊开来
渐亮的晨光里它的土地没有
人的迹象，或者说已不在活的记忆里。

这里算不上庇护所，却是最后
一处能鼓舞我们的人类发明：
草草搭建，像是
就在我们到达之前
被抛下，饱经风雨，

变形、干枯，它伫立在那里
一定比我们知道的久。粗糙的建造技艺
并未破坏前面的土地
甚至也不曾遭践踏，仅仅是荒芜
让人觉得是一直如此：像沙
又像红页岩的物质只有钉状沙丘草
生长，几棵树立在风口。

有人到达时像是把
全部家当扛在肩上，
常有困乏的孩童睡在
上层篮子里，还有
跛脚狗忍痛跟在后面。有人
轻装上路：
刀和火柴，睡觉
也不脱衣服。有
赤脚的，有人信念坚定
带着棍杖，有人一贫如洗。

重负和衣服并不与
旅人的年纪相符；他们坐下
不顾劳顿聊天

至夜深，谈到自己的意图
和信念也不一样。比如，
一个老人照看家族里
六个孙辈，整天背着
比他自己还重的东西
坚信往内陆行走三天后
会引领他们来到隐蔽的峡谷
傍着一条缓缓流淌的河，最笨拙的农夫
也不用发愁，在那里种庄稼一年三熟。

一个年轻人穿着昂贵的远足鞋
背着一卷毯子，大声
细数路途的艰辛，
渺茫的前景，向前
深入的风险。几个
打算走到最远的自言自语
那里的土地比他们
离开的好，远离自己耕犁过的土地的
长途跋涉应远得
任何成年人都吃不消，还有一个
意见正相反再说
和十年前一样——比如

两晚前我们过夜的地方。
终于一个看起来体力最充沛的
转移话题，他觉得
门口那儿的
某块石头是手工
切割，以前是
路边圣坛的基座。

大家谁也不能说服谁
几次陷入尴尬天快亮了
知道有一点已无异议：
生动讲述过
出埃及记的荣耀和静待来者
的城池的人们，次日会被发现
在扒弄一小块地
就在遮雨棚旁边，或偷偷地
溜回原路，或充当向导
领人来到此地，谁也解释不清
阻碍他们前进的原因；事后
谁也弄不懂
为什么最沉默的，
外表看上去也不够强壮

不够资质走下来的，

迎着第一缕光起身上路了。

焚　猫

春天，巨大的果壳堆旁
多刺灌木丛生的小溪铜头蛇
蜷缩在第一缕阳光中，泥泞的小路，
忽然间不能继续视而不见。
一种气味在这个季节蒸腾
从没有过名字，却四处回荡。
我走近了，它的眼睛生了木虱
腋下的白色软毛里有一窝甲虫。
我用果壳堆生了火
却只吓跑了甲虫
燎焦了潮湿的皮毛，一股刺鼻的
燃烧毛发的气味冲破了香甜的空气。
想到时间是多么垂涎于下流，
既然悲伤是下流，缺乏悲伤也是下流，
我走开去拿报纸，
把它裹进死去的事件，一天又一天，

浸过汽油把它和
垃圾一起放在垒好的树枝上：
这可比柑橘皮难烧，
汩汩作响火花四溅，恶臭像
腐败的食物随着浓烟扩散
穿越生了嫩芽的树林，遮蔽了闪闪发亮的山茱萸。
我却固执起来：我要烧了它
哪怕要花一天的时间去堆好柴堆
火焰会越过房顶。一连几个小时我不停地
添柴，熏得漆黑浑身湿透；
把它拨出来，烧焦的肉仍紧紧
裹在骨头上。我把它埋了
我一开始就该这样做，因为
土地是缓慢的，却很深，易于隐藏；
我本该利用这一点倘若我明白
九条命在狗爪一挥之下就会消失，
或汽车，或铜头蛇，可是无论多么微小的
死亡，无论怎样估算，也难以处理。

学习一门死去的语言

你没什么可说。要
先学会听。因为它死了
不会自己接近你，你也不能
凭借自己掌握它。因此当它被
传授时你必须学习安静，
哪怕并不理解，也要记忆。

你记住的会积累。想充分理解
最简单的你要懂得
整个语法所有词形的屈折变化
和整个体系，和它所具有的
唯一的意图，因为它死了。
一次你只能学习一点儿。

要求你记住的
是在你之前记忆从死亡的乏味中

拯救出的。言语已死亡的语言
唯一的意图是秩序，
只有在有人忘记的地方才不完整。
你会发现那种秩序会帮助你记忆。

你所记住的成为你自己。
学习将是培养对那统领一切的秩序的
意识，如今纯粹由
热情构成；在它本身寻找它，
直到最终你也许会发现构成它的热情
从它的言语也从你自己听到它。

你记住的会保存你。记忆
不是反复排练，而是倾听从未
安静下来的东西。所以你要学习的是
从逝者、秩序和自己的意识中
记忆值得记忆的，听出热情
当你没什么可说。

奥德修斯[①]

场景总是一样，

同样的海，同样的危险等待着他

仿佛他不曾走远，仅仅是变老。

他身后退潮的海岸上

一样的责备，在他前方

海上的某地，他秉持的

耐心在溃散。那一座座岛屿

各有各的女人和盘绕的欢迎

尚未航行，有一个会称作“家”。

他背弃的一切知识

累积，直到他留下

还是离去都没有区别。因此他离去。

如果他时或忘记

哪一个希望在他离去的路上

---

① 以下 8 首选自诗集《火窑里的醉汉》(1960)。

遇到熬不过去的险情，

哪一个，未必可信、遥远，以及真实，

是他一直想返回的，又有什么奇怪？

雾　角

显然那声呜咽
有违初衷，人们
把它架好，是出于实际考虑。
那喉咙不像是人
像是人类已遗忘的生物
在雾里醒来。谁把那猛兽
伤得不轻，或是从谁的牧场
走失，长成了，时间围住了它
无路可退？谁拴住了它的舌头
于是无法在
明澈的白昼中发声，
只有当移动的目障
来临我们也都知晓，
仿佛是从地板下面传出的声音，
或是从墙后面，往往比
记忆中的更近？如果

是我们赋予这呼喊以喉舌
它在对我们说什么，反复
反复，坚持在说我们
并未打算说的？我们把它放在那里
为了提醒自己注意我们不敢
忽视的东西，猝不及防
遇上，来不及反应的话，
呼喊会如以前那样被吞没再也不见一双手。

波特兰号启程

刚过晌午，正如我们一直
记得的，港口的水面
平滑得你想在上面行走，
它看上去可靠：光滑幽暗
像高级旅馆大堂的
那种泳池。我们回想着，说
我们还是孩子时就听到的
告知其潜在危险和时辰的钟声
听起来已两样，仿佛它们的
转动只与陌生人的事务相关。到了
五点钟强风袭来
和你所见过的最湿滑的夜晚。
我们刚刚接近，渐渐加速，
离七点只差几分钟，当她
在我们身后的港口下水，启程，
紧贴我们船尾驶过

左舷灯的红光直照在我们脸上。消失
之际，我们才注意到
飘起雪花。不，我们
不是最后一个，远远不是最后一个
看到她的。熬过风暴的纵帆船
瞥见过她，在风暴最猛烈时，
醒目的一片，正在驾驭风暴；
不过是几分钟的工夫
她就沉了。我们以前经历过
风暴，这次也像之前那样无情，残骸遍地
那样不可理解，那样
损失惨重。可是我们还在问
是怎么发生的，布兰查为什么要出海
航行时如何错估了风暴的轨迹。然而
我们不敢问
我们离风暴多近：被同一场雪拂过，
在她经过时随她的尾波颠簸。我们本来
可以和她甲板上的任何人交谈，我们敢保证，
而且不必扯开嗓门喊，倘若我们
知道该说什么。如今
没时间了，大难横亘
在我们之间：
无法料想的漩涡。它自我们脚下生。

寓　言

不管这个男人是怎么爬上去的，
他正吊在那里，两腿在空中乱蹬，
吊在高树上高高的枝头
手臂渐渐没了力气。
一个路人注意到他
在树下往远处挪了挪
手叉着腰站定，喊道：
“放手吧，不然你会没命的；树要倒了。”
吊在枝头的人只顾抓紧，
脸朝天空，双膝发抖，
听到这句话，挣扎了一会儿，
抱着最后一丝乐观，放手了。
谁也禁不起这一摔，
陌生人发现他死了
毫不意外，却对他的身体说道：“你
放手只是因为你想放手；

你只欠一个好理由。

我让你用最舒服的方法

怀有生还的希望。”

他笑着走开，

“再说，你终归要摔下来。”

为困兽恳求

逮到狐狸的女人
提着它的后颈，断了念想吧：
你驯服不了它，不管你多友善，
拿肥嫩的鸭子逗它
耐心无比地
宠它爱它
别指望它会通人性，
紧跟身后，睡在脚旁，
乐意待在屋里，
　　　　　　　　　　　错，

它只会踱来踱去，
来来回回，两眼茫然，
毛皮不会油亮
脾气也不会温顺，挤出
它低声下气的嗥叫

度过漫漫长夜，虽然有你的爱，
你那悉心拌好的肉吃起来
满是腐臭气
（我有亲身经历），
啊，

马上宰了它，否则放它走。

养老院的祖父

终于和蔼，和以前一样爱整洁，
他连酒也不再喝，
孝顺的儿子们扶他躺平
带来烟草给他嚼，当他们觉得
他被照顾得好他们满意。
一想起祖母，他的妻子，
笑容就会浮现，她信仰坚定
如身着一袭铁睡袍，却分娩过
七次，靠做缝纫活
养育一家，祖父逃跑
顺绿河而下，循船只
方向去了。他自己时或返家
富有，醉醺醺，把面包全藏进
有枪眼的桶里惹得
女儿们问个不停。邻床睡着其他
体面的老人，睡梦中他还在微笑

见到了祖母，晚晚如此，

她年纪大了，耷拉着嘴角，

憎恶起河来，她的凝视

充满他滑翔的梦，而他去了水边，

他们共同的孩子，

如今面容苍老，他们却又缩回

孩子一样大小，都站在她身旁，

拍击他们的小圣经直至他死去。

临近终点的祖母

已无法躺在双人床上，
扭伤的背弓得厉害，拱在
系在摇椅扶手上的木板上面
有个枕头从一侧扶着她的头
免得头垂到膝盖，另外三个枕头在她
身后保持她的
姿势扭曲的脊椎也许会恢复，往
乐观处想。九十三年来，
信仰坚定，相信你能够通过
窄门和针眼，倘若
你坚持的是正道，保持
线紧绷，对沟渠外狡猾的音乐
无论左右都充耳不闻，祷告时
在《圣经》上打出节拍。她摔倒了。
她本该遵照嘱咐，她本可以
要求帮助，打瞌睡的时候

多了但仍算是
相信她，楼下没人
来不及听到门厅的嘎吱声
和浴室的门猛地关上。
这样，十八个月，他们
照料扭伤的她，从侧面
喂食，弯腰听她说话，
都清楚当摇椅停止摇动
意味着什么。仍可以听到她
认为该听的，仍然低声说话：把我的
糖藏在毛线衫的抽屉，记着，
来客人了给一块，再放回
原处，听见没有？一个接一个
不安的亲人来探望她，
终于某个不停咳嗽的儿媳
把枕着木板的头发梳得漂漂亮亮，
还插了一朵花，举着镜子
让她看直到她露出微笑。记着，
她耳语，离新来的护士
远些，她有肺结核。还有
仍然让她担心的战争，大多数
人已死去多时，有个

儿子归来垂在远处
阳光下，佩戴荣誉勋章，
她的卧室墙散发着煤气
和矮牵牛的气味。一个女儿住在
一街区外打扫
不错的砖砌房子，已在
准备该怎么说，“我们
对妈妈一直很好”。屋外
弯曲的河流得轻快，熟悉
一切；小路微笑鸣响着远去；
帮助会从山上来。她一只发硬的手
会悬在空中悬在她的
头顶一连几个小时，由臂肘支撑，朝
那个方向挥动。当她吐出
最后一口气，拳头一样摇动，
这是个老习惯
几乎被遗忘，在脏河边
滑行和往常一样，
告别说你听不到她因为
来了黑色的车在那轨道上
已等了九十四年，从她
嘴里把它夺去，轰鸣着

向下游驶去，面前的
轨道变得笔直如一条鞭子，
窗户哐当直响快要崩坏，架子上的
东西在摇晃，脸上的褶皱
颤动；过后，洗衣房
还颠簸了很长时间
在裹挟煤灰的风里，她的椅子继续
摇啊摇椅子里没有
活物能解释得了，没有，没有。

火窑里的醉汉

　　整整十年
火窑立在光秃秃的沟渠里，没有火
像帽子一样空。在他们眼里
不过是沉重的黑化石
悄悄侵蚀有毒的小溪旁边
垃圾山余下的部分，旋即成了
　　又一项他们不了解的，

　　后来他们惊讶地
证实，一天早晨，一缕烟如无力的
重生，从那撕开的洞口爬出，
又注意到其他迹象，
有人舒服地躲在
带有观察孔的铁门后，在那里建立了
　　自己的破城堡。

　　他从哪里弄的烈酒
真是个谜。可是那使他小调唱个不停：
锤子–铁砧和扑克酒瓶
他闷罐的咆哮，直到最后一声呻吟哐啷
他跌坐在废弃车座
乱窜的弹簧上，车座排列在炉栅上，
　　像一只铁猪一样睡着。

　　在他们覆着焦油纸的教堂里
关于满当当的填煤口那一章
牧师从来不讲。他们纷纷点头憎恨入侵者。
可是当火窑苏醒，整个下午
他们的蠢子女像听见越发尖锐的笛声的
老鼠一般拥过去，呆呆地在崩裂的
　　山脊上站成一排并且效仿。

回家过感恩节[①]

我把自己从街上带回来，街口张开像长长的
无声的笑，其他街道
如四处散漫的河流，词语随处散落，
猫之类的动物穿街而过，
远离消息灵通的电线和被瞄准的窗户，
哦这真好，在三楼广告牌后面，
广告牌写着“最新改进”我懂那是什么意思，
挤出一条路投币一样把自己投进去。

哦这真好我的鞋泊在床边
广告牌四周的灯光不停闪烁像信标，
我把自己带回来如许多其他覆着硬壳
未经修整的船同一只瓶子一起下水，
自纯粹希望的贫瘠区域

① 以下 5 首选自诗集《移动靶》(1963)。

一年大部分时间里扬帆的次数极少，
自一个个夜空常布满我的手影戏
如影般轻，在闸沟里摸索，
也自道路般的纵横交错
自数月的往返
于罐头和罐头之间，像早上的空容器，
我的阳具长成唯一的树，郁郁寡欢的常青树，
夜里的风使树叶凋落，掠过至少
一千英里的空寂，
狠命地撞仿佛什么也没有只有门，要求
“出来”，当然我就会冻僵。

星期天，天气晴朗，揩干我的耳朵系好领口的扣子
我一路远足，乘街车
回来，帽子下面牙齿待在
该待的地方我在想也许——这个念头
我已多次注意到，就像胆大的老鼠——
我该停留，讨讨那些好女人
开心，至少停留一阵，薇拉
擦古龙香水，带着名叫乐乐的小胖狗，
开心地戴着耳环，做饭，胳膊苍白，
有些跛脚，有花色床单，其中一些
我敢说还在那里，哦不，

我把自己带回来躲进静寂
像瓶子里的船。
我带着我的瓶子。
或者有薄珍珠的隐形发网，风本不会
有利于他们，他们本会有
他们的时代、假发、烦恼，
他们本想要窗帘、清洁、回答，他们本想
建立他们自己的和我们自己的家庭，结交朋友
以及其他考虑，我的手指筛动
黑暗本会呈现其他的
贫穷，我把自己
带回来，像母猫转移唯一的幼崽，
透过我的胡须向自己倾诉秘密，
他们本想饮尽船、大海以及一切，或
打碎瓶子。噢这真好，
哦苦难，苦难，苦难，
你把我从头到脚填满，像一套上好的睡衣
我已穿了这么多年，一点儿也不想脱下。
毕竟，我做得对。

致我的哥哥汉森

生于 1926 年 1 月 28 日，卒于 1926 年 1 月 28 日

我的哥哥，
降生即离去像瓶中信，
波浪
来去空空，卷过唯一的岸。
也许它有恋人却缺少朋友。
它绝不是静止的却一言不发

如果我告诉你谁的好奇星星
爬上他们的房顶并且一动不动，
恐怕没有
答案，却也像常常发生的那样，
只是想要另一个答案，因为
我眼见大难在镜中蔓延，
我怎么还在那上面浪费口舌？

是的，现在道路本身碎裂
仿佛从高处坠落，天空
似漆面开裂。难以相信，
我们的族谱
似在各处均留下印记。
我把我的头高高地
挑在长矛上当是无名的长矛。

即便这样，我们也必须彻底抛弃荣誉，
而我做我能做的。我耐心有加
面对柜橱的不幸，老天知道——
我把良言攥在手里像一张票。
我喂笼子里受伤的光。
我在夜里醒来，听到倒数第二下钟声，
眼仍闭着，我记得要转动
黑暗之鸟胸脯上的刺。
我听到苦歌
滴落于沉睡
　　　　　　血
应该更稠。你应该在那里
当习惯迫近把它们的微笑
推搡到他们面前，当我被别的

东西填满，比如一支温度计，
当离开的时刻，单脚
站立，像睡着的鹳，立在门口，
放下另一只脚，睁开眼。
我
这一次走开一会儿。我又来到
自己磨光的边缘
可以听到空心浪碎裂
像暗中的瓶子。怎么样？听，

我受够了这个。家里
再没有别人
照顾树，擦拭镜子，
收拾些许希望，当熟悉的事物
来到门前，
对天平的秤盘说
起来，该走了？

面包和黄油

我不断找寻这封
给遗弃之众神的信，
撕掉它：先生们，
一直住在你们的神殿里
是我亏欠你们——

我不欠，欠过吗？双手
被我忘记，我不断
忘记。我在这里不会有这样的神殿
我不会在屋子中间
朝虚无雕像鞠躬
一群苍蝇正绕它打转。
我是这四面墙上的文字。

我为何要开始写这么一封信？
想想今天，想想明天。
今天在我的舌尖上，

今天与我的眼睛一起，
明天视界，
明天

在破损的窗里
破损的船会开进，
生命之船
挥舞着被砍断的手，

我会像应该的那样爱
从头来过。

世界的十字路口及其他

未曾想到我会降生在这里

这么迟在石头里离破晓尚早
在河流之间熟悉盐

记忆我的城

希望我的城无知我的城
我的牙齿在你黑与白的棋盘上
你叫什么名字

我的死在你的
日历上我的眼睛
在你的画中
睁开
我的悲痛在你的桥上我的声音

在你的石头里你叫什么名字
我睡着时在雨里打字

仅仅记载
锁头名字的书
老书老锁的名字
有些已停止跳动

死门的
照片从左到右仍藏匿着
初始
你想打开
哪一扇
若是有
我的影子穿过试着划出一道光

今天是在另一条街上

我要去那里
眼前

终极之鸟
苍白的爪
在窗上踱过

我迷失小径又
一次次找到
记忆

镜子里的星叫虚无

阻断我们

等等我

废墟
我的城
噢未来的残骸自何处
未来升起
你叫什么名字我们坠落

如同砂浆
在面孔之间坠落

一条腿的男人观看下象棋

坠落
如同草图里的月亮枯萎
如同窗帘拂过我们的墓穴

在云上我写过
希望

我
做过
听到光流过一把刀
海报上的秋天

听到影子在敲钟
救护车里的冰淇淋，布满手指的链条
栈架上的火车
比它们的光还快
新疤在发疯
抵达

听到时日经过自言自语

又一次
另一种生活

曾在另一个国度的钥匙
如今无知
无知

我不离开你的街道直到它们消失
有歌声越过
地址我能否
让它独自回家
静脉间的演奏，灯笼里的云雀

它领我来到生疏的安息日

向各方把面包
乞讨，他们的脚边
有墓碑这个
部分
管子被扎牢呼喊消逝

呼喊

我未曾想过
闪电腾跃、凝固

铁锈，我的兄弟，石头，我的兄弟
把你的灵魂挂在高处的钩上
此刻够不着

你吞了夜我吞夜
我会把夜吞了
躺在纸的游戏中间
啃噬的鳃
火

我会吗

天空在站台等待像人一样
无处可去

我会吗

我听到我的脚走在隧道里
我却像泪滚落在门槛上

此刻在我的手腕里

面前在假牙下
自云垂落，他的
标志是为他的房子挖的，明天，
最年长的男人
把食物扔进空笼子

是朝着我吗
他转动他的蛛网
我走向他，延长
我的影子带给他
是朝着我吗，他说不

是朝着我吗
他说不不我没有时间

留着这件丢失的衣服，去哪里寻找主人？

我的朋友

我的朋友不做防护走在靶上

时候晚了，窗户碎裂

我的朋友没有穿鞋便离开
他们之所爱
悲伤在他们之间移动如一团火
引响警铃
我的朋友没有钟转动
他们转动在拨盘上
他们告别

我的朋友有名字像手套出发
赤手空拳，向来如此
没有人知道他们
是他们把花环放在里程碑上

井边找到的杯子是他们的
而后他们被拘禁

我的朋友没有脚坐在墙边
朝乏味的管弦乐队点头
装饰物上写着“手足情谊”
我的朋友没有眼坐在雨里微笑
手捧一把盐

我的朋友没有父亲或房子听到
黑暗中门开了
谁的大厅宣告

观看烟雾已回家

我的朋友和我都有
这个礼物蜡钟在蜡钟楼里
这一信息讲述
金属这饥饿
是为了饥饿这猫头鹰在心中
还有这双手，一只
用来询问另一只是否鼓掌

我的朋友别无他物留在
盒里
我的朋友没有钥匙走出牢房，夜里
他们走同一条路他们错过彼此
他们在黑暗中发明同样的旗帜
他们只向哨兵问路，骄傲得不能呼吸

拂晓之际他们旗帜上的星星会消失

水会显示他们的足迹而白昼来临
如一块墓碑给我的
朋友那被遗忘的人

若干终极问题[①]

头是什么

　　答：灰烬

眼是什么

　　答：井纷纷坍塌并有

　　　　生物栖息

脚是什么

　　答：拍卖后留下的拇指

脚不是什么

　　答：它们下方无有之路蜿蜒

　　　　至扭断脖子的老鼠

　　　　用鼻子拱血珠

舌是什么

　　答：从墙上坠落的黑外套

　　　　袖子试图说话

① 以下 10 首选自诗集《虱》(1967)。

手是什么

　　答：报酬

手不是什么

　　答：沿博物馆墙爬回

　　　　找它们的祖先已灭绝的悍妇

　　　　会留下一条讯息

沉默是什么

　　答：仿佛有权继续沉默

同胞是谁

　　答：他们用骨头制作繁星

最后一个

好吧他们打定主意要踏遍各地为什么不呢。
每一寸土地都是他们的因为他们这样想。
他们有两片叶子他们受鸟儿蔑视。
在石头里他们打定主意。
他们动手了。

好吧他们砍断一切为什么不呢。
每一样东西都是他们的因为他们这样想。
它倒进自己的影子他们都拿走。
有些东西需要有些东西燃烧。

好吧砍断一切后他们来到水边。
他们来到白日的尽头只剩下一个。
明天再来砍他们离开了。
夜聚集于最后的枝头。
夜的影子聚集在水上影子里。

夜和影重合。
而它说时候到了。

好吧到了早上他们砍断了最后一个。
和其他的一样最后一个倒在影子里。
倒进水面上的影子里。
他们运走它，影子还在水上。

好吧他们耸耸肩他们想把影子弄走。
他们砍到地面而影子完好。
他们覆上木板而影子浮现。
他们拿强光照射，影子更黑更清晰。
他们引爆水面，影子摇晃不已。
他们堆起巨大的篝火。
他们在太阳和影子之间腾起黑烟。
新影浮动旧影依旧。
他们耸耸肩他们走开去拿石头。

他们回来了影子生长。
他们开始垒石块它生长。
他们扭过头它继续生长。
他们决定把它制成一块石头。

他们把石头运到水边向影子倾倒。

倒了再倒石头没了。

影子没填满它继续生长。

一天过去。

第二天也是一样它继续生长。

他们把所有方法又全试一遍还是一样。

他们决定把它底下的水抽干。

他们抽干了水水干了。

影子还在原地。

它继续生长延伸至陆地。

他们用机器刮。

碰到机器它就留在机器上。

他们用棍棒打。

碰到棍棒它就留在棍棒上。

他们用手拍。

碰到手它就留在手上。

又一天过去。

好吧第三天还是一样它继续生长。

他们把光照进影子。

碰触间光熄灭。

他们在旁边跺脚它攀上他们的脚。
他们瞬间跌倒。
它钻进眼里眼变盲。

它漫过跌倒的人他们消失了。
眼盲的人走进了它也消失了。
还能看见还站立着的人们
它吞噬了他们的影子。
接着吞噬他们而他们消失了。
好吧剩下的逃了。

逃跑的捡了条命若它想放过他们。
他们逃得远远的。
有影子的幸运儿。

这是三月

这是三月黑尘自书籍散落
我将离开
倒伏在此的昂扬魂魄
已离去
大道上苍白的线躺在
老价格下

你回望时总有个过去
哪怕它早已消逝
而你向前看时
指节污脏，无翼鸟
停在你的肩头
你能写些什么

老矿井里仍升腾着痛苦
拳头破卵而出

温度计自尸体嘴里钻出

在某个高度
风筝的缕缕尾巴一时间
被脚步声覆盖

我不得不做的都尚未开始

寡　妇

麦粒成熟
外壳脱落
仅仅依靠行星的旋转

哪一个季节
都不依赖我们

遗忘大师
把无眼石
用一束窄光穿起

密码在其间苏醒而恶
有了规范的脸
去设计城市

寡妇自我们的指甲下升起

在这天空里我们曾出生我们在出生

你又哭泣想着自己是数字该多好
你倍增你不被找到
你伤心
天堂并非不存在
没有我们才叫天堂

你倾吐
向着形象向可以
代表的东西，他们的特征
为你所需要你说这是
真的，你没有跌倒呻吟

没有看到空气中的讽刺

不需要你的万物是真实的

寡妇听不到你
而你的叫喊数也数不清

这是苏醒的风景

梦接着梦接着梦从旁掠过

不可见不可见不可见

再次梦见

走在山间落满树叶的小路
视野越来越模糊，我不见了
山巅正值夏季

写给忌日

年复一年我度过这一天，并不知道是哪一天
最后的火焰终将朝我挥舞
寂静终将启程
不知疲倦的旅人
如一颗无光星的光束

接着我也将停止
在生命里如在一件古怪的衣裳里寻找自己
令我惊奇的土地
以及一个女人的爱
以及人的无耻
像今天这样写作在下了三天雨之后
听到鷦鷯的鸣叫坠落终止
向不知何物鞠躬

濒死的亚洲人

当森林被摧毁其黑暗还在
灰烬这伟大的漫步者跟随着主人
永世
他们将会遇到的无一真实
也不长久
在河道上
如活在鸭子的时间里的鸭子
村落的鬼魂漫迹天空
划出又一道曙光

雨落进死者睁开的双眼
落了又落无意义的声音
当月亮找到他们呈现万物的颜色

夜像瘀青一样消失什么也没治愈
死者像瘀青一样消失
血没入毒蚀的田地
痛苦天际线

如故
头顶季节摇撼
它们是纸钟铃
呼唤着死物

主人在死神下面四处游走，那是他们的星
他们像缕缕烟柱前行进入影子
像微弱的火没有光芒
他们没有过去
点燃了唯一的未来

当战争结束

当战争结束
我们当然会自豪，空气
终会清澈得可以呼吸
水会改善鲑鱼
而天堂的寂静会迁移得更自如
死者会觉得生者值得活，我们会知道
我们是谁
我们会再次应征

飞

我折磨过一只肥鸽
因为它不肯飞
它只愿像和善的老头一样活着
任由自己脏兮兮拼命
抢食物啄赶垃圾旁的猫
不理睬伴侣，喙部总是湿漉漉
散发臭气摇摇摆摆
到了晚上要被人放进高处的鸽笼

“飞”，我说，把它扔向空中
它坠落，赶回来索食
我说了一次又一次把它上抛
它越来越糟
每次都要把它拾起
终于死在鸽笼里
因为这些无谓的努力

那么这是我做的

想着它的眼睛无法
理解该躲我远远的

我总是太相信语言

日出寻找蘑菇

致简和比尔·阿罗史密斯

还不算是白天
我走在几百年来积下的腐栗树叶上
四周没有悲伤
虽然黄鹂
另一条生命提醒我
我醒着

黑暗中雨落
金黄的鸡油菌冲破那并不是我的睡眠
唤醒了我
于是我爬上山寻找它们

它们出现的地方我似乎到过
我辨认它们的栖息地像是记起
另一次生命

此刻我又是走在何处

寻觅着我

图腾动物的话[①]

距离
是我们曾在哪里
却无我们的踪迹可循
在我面前平躺在草丛里
想着连夜晚也返回不了它们的山
无论何时

◇

我宁愿风从外面
从任何地方的山
从星群从其他
世界刮来即使
寒冷有如我的

① 以下 5 首选自诗集《扛梯人》(1970)。

这个幽魂

穿过我

◇

我懂得你的沉默

以及重复

如死亡耳中的词般重复

教诲

本身

本身

那是我的奔跑声

请求

它的请求

你绝不会听到

哦，初始之神

不朽的神

◇

或许我知道

我并不是我

但无所谓

在墙之间在理由之间

甚至并未等待

未被看见

但此刻我筋疲力尽

而他们上路了

老树一次又一次跃起

陌生人

河流没有名字

白昼没有夜晚没有

我是我

哦，上苍寒冷得如鸟的思绪

人人看得见我

◇

又被俘获又被控制

我仍未蒙恩

他们赋予我

一个个名字

用来呼唤谁都合适

他们带来给我

他们带给我希望
我整日转动
制作绳索
帮忙

◇

我的眼睛在等我
在暮色里
眼睛仍闭着
它们已等待许久
我摸索着路靠近它们

◇

我逆流而上
一次次潜入水里
留在石头上的痕迹在日出前干透
暗色水面
抚摩着夜
夜的上方
不见星群

没有悲伤
我到达不了
我绊倒了当我想起
只有一只脚
仍在名字里的脚

◇

我可以让自己转投别种喜乐享受其光芒
却寻觅不到
我可以把我的话
放入灵魂口中
但它们不会说出来
我可以整夜奔跑赢得胜利
胜利

◇

枯萎的叶，遭碾压的草，落下的枝干
祈祷者充斥世界
自后来
到达

布满碎裂的声音
后来才听见
穿越整个
长夜

◇

我绝不是所有的我
对于自己
我有时漫步
知道一个声音，这声音
跟随我从世界
到世界
每一次追上我之前
我都死去

◇

我停住，我独自一人
夜里有时几乎是好的
好像我几乎已在那里
有时我看见

旁边的灌木丛同样的问题
你为何走这条路
我说我会问星群
为何坠落而他们回答
你指的是我们哪个

◇

我梦见我没有指甲
没有头发
丧失感官
不能确定是哪一种
脚掌从我脚上剥落
飘移
云
全然一体
脚
还是我的
轻轻拥着世界

星星，连你们

也被派上用场
然而不是你们
安静
护佑
我迷路之际请呼唤我

◇

也许我会
到达我能完整的地方
发现
我正等候在那里
如新的一年
听到五子雀的叫声

◇

送我去另一段生命
神啊这一段越发虚弱
我不觉得它会持续

帕里斯的评判

致安东尼·赫歇特

许久之后
聪明人可以推断当时的情景
被忽略了什么
他们暗示错就错在
众神挑选的仲裁人
心智平庸
尽管顶着王子的头衔

他从小就牧羊
想必熟悉动物的叫声
既然他闻声返回

她们站在他面前
三位
赤裸的不朽女身

他才明白自己
不过是皮囊一具
箭袋束绳交叉
系于胸前
看上去有些古怪

他知道他必须做个选择
那一天

灰眼珠的首先开口
她的话引得他不断
回想，他的记忆
混杂疑惑和恐惧
他唤作父亲的两张面孔
宫殿出现在眼前
兄弟成了陌生人
狗盯着他不认他
她把一切讲得清楚她耀眼
她把它给予他
归他所有，但他只看到
她眉间的不屑
她的话他听懂得不多

只听到拿去智慧
拿去权力
反正你会忘记

黑眼珠的开口了
她说的
他曾幻想过
同时觉得困惑而胆怯
王冠
父亲的，各个王冠向他鞠躬
他的名号如青草般蔓延各地
唯有他和大海
称得上至尊
她说什么都可以实现
她让人头晕目眩，她赋予他
至尊地位，但他只看到
她嘴角的冷酷
她的话他懂得多些
听到拿去骄傲
拿去荣耀
反正你有受苦的时候

第三个的眼珠颜色
他已记不得
最后缓缓开口
说起欲望他的欲望
尽管当时
他和河女情投意合
此时他的思绪
全被一个姑娘占据
采摘着黄色花朵
从未见过
话语
让一切宛在眼前
几近真实
眼前
三人齐声说带走
她
反正你会失去

他向声音伸出手
仿佛他可以抓住说话人
本身
刹那间他的手里多了

要给的东西
只能给三个中的一个
都说是一只苹果
引起纷争只是一只苹果表皮
已刻着
给最美丽的

特洛伊城门上干活的石匠
在阳光下意识到自己觉察石块
在颤抖

帕里斯背着的箭袋里射进阿基琉斯
脚踵的那支箭的箭头
在睡梦中微笑

海伦走出宫殿
像平日一样去树丛里采摘
那个季节的黄花
和她一般高

它的根系据说可以疗伤

井

在石头天空下
水等着
内里充溢歌谣
永恒
它以前唱过
会再次唱起
时日
在苍穹里的石头间漫步
如正午的行星般不可见
而水
注视着同一个夜

回声阵阵像燕子
往复
它应答，不曾移动
却也是回声

不是声音本身
他们不说它是什么
只说在哪儿

是一座城市引得许多旅人来访
头脑敏锐
抛下一切
哪怕天堂
坐在黑暗里静寂
祈祷复活

衬衫的夜

哦，一排白衬衫近了
会以你们的身形呼吸，携带你们的号码
会露面
什么样的心脏
正朝这里移动朝着他们的衣服
他们的时日
什么样的烦恼在胳膊之间搏动

你朝上看，穿过
彼此，说着什么都没有发生
它远了正睡着
讲着同样的故事
我们存在于
众神的眼里

你仰面躺着

没有划开的伤口

血没听到

船还没变成石头

灯泡的黑灯丝

充满未降生之人的声音

爪　子

我返回我的肢体伴着第一道
灰光
这里有灰爪在我的手下
母狼帕蒂塔
回来了
在我身旁睡着
她的脊椎一节一节
抵着我
她的耳朵摊平抵着我的肋骨
左边心脏跳动的地方

她以为那声音是她的爪子的
搏动
我们又在黑色山脉追踪猎物
趁着星光
哦，帕蒂塔

我们奔跑在昏暗的晨曦
你和我没有影子
没有影子
在同一处地方

所以她回来了
又在黑色的时辰
在张开的麻袋前奔跑
我们奔跑
这些小时又一次
在一起
有血
爪子上我的手指下
流淌
还有血
又在黑色高地上
循着她的踪迹
我们的踪迹
却像影子一样逐渐消失
还有血
抵着我的肋骨

哦，帕蒂塔
每添一道伤口她就越发美丽
仿佛那些是星星
我懂得
怎么掏空腰腿肉
黑暗中伸展
如星座般飞速
我听见
她的呼吸在霜冻的地上移动
我的节奏
我加快击打
她的血在我手指间涌出
我的眼睛闭上不看她
再一次
我的路

在星星坠落之前
山脉熄灭
空无苏醒
白昼重临之前

而我们消逝

工　具[1]

如果发明出来就会使用

也许会停顿一阵

接着一瞬间
一把锤子从盖子底下钻出
远离自己冰冷的家族

一个正念在它脑中激荡
说着秩序秩序

钉子吃了一惊
跌入黑暗
之前的瞬间不值一提

---

① 以下 9 首选自诗集《写给未结束的伴奏》(1973)。

等待着

法

面　包

致温德尔·贝里

街上的每一张脸都是一片面包
闲逛
搜寻

光里某处真实的饥饿
仿佛从旁经过
他们攫取

他们忘记了苍白的洞穴
他们梦想着藏匿其中
他们自己的洞穴
充满了他们足迹的等待
四处悬着他们摸索出的凹痕
布满他们的睡眠和他们的藏匿

他们忘记了残破的地道
他们梦想跟随走出光芒
倾听一步接一步
面包的心
由它黑暗的呼吸支撑
并且浮现

发现他们自己孤孤单单
面对一片麦田
向月亮散射光芒

门

你行走

你的肩膀上扛着
一扇玻璃门
该安装门的房子还没找到

没有把手
你没法给它投保
没法把它放下

你祈求请别让我
跌倒求求你求求你
别让我摔了
它

因为你会像水一样淹溺

化作碎片

于是你行走，双手紧攥着
你的玻璃翅膀
在风里
你的双脚及时顺门而下
天空在行进
如水顺着钟的内壁淌下

那些天神在寻找你
他们离开一切
他们想要你记起他们

他们想写下最后一句
在你身上
你身上

但他们不停冲刷
他们需要你的耳朵
你听不到他们

他们需要你的眼睛

而你没法向上望
此时此刻

他们需要你的脚，哦
他们需要你的脚
来前进

他们放出他们的黑鸟去找你
一只只，最后一只
像门的阴影呼喊，呼喊
航行
另一条路

它因而听起来像告别

乞丐与国王

夜里
所有余下的时辰
清空
乞丐等候着准备收集
打开这些时辰
在每一个里寻找太阳
教每一个乞丐的名字
对着它唱这很好
一整夜

而我们每个人
都有自己的苦痛王国
尚未找全
正日夜航行
不出错不会质疑不会休息
被不灵光

及其时间占据

像一根手指处于没有手的世界

未被写下的

在这支铅笔里
蹲伏着从未被写出的话语
从未被说出
从未被传授

它们在躲藏

它们在那里醒着
黑暗中的黑暗
倾听我们
可是它们不会显露
不为爱不为时间不为火焰

即使黑暗退去
它们仍会在那里
藏匿于空气中

在未来的日子里聚集，也许穿过它们
呼吸它们
都称不上更聪明

会是什么样的笔迹
它们不会展开的
以什么样的语言
我能否辨认出它
我能否追随它
弄清楚万物的
真名

或许没有
许多
也许唯有一个词
就是我们所需的一切
它在这里，在这支铅笔里

世上的每支铅笔
都像这一支

灰

森林里的教堂
由木头搭成

门上忠实地刻着他们的名字
和我们的名字一样

士兵把它点燃

在原地又建了一座教堂
由木头搭成

木炭地面
门上的名字由黑色写成
和我们的名字一样

士兵把它点燃

在原地建了我们的教堂
由灰建成
没有屋顶没有门

世上没有什么
说它属于我们

练　习

首先忘记此刻几点钟
坚持一小时
每天都这样做

然后忘记今天是星期几
坚持一周
然后忘记身处何地
结伴练习
坚持一周
把两者一并练习
坚持一周
越少间断越好

接着忘记如何做加法
或做减法
没什么区别

你可以把它们互相调换
一周以后
这对忘记如何数数
有帮助

忘记如何数数
从你自己的年龄开始
从如何倒数开始
从偶数开始
从罗马数字开始
从若干罗马数字开始
接着是旧日历
接着是老字母
接着是字母
直到万物恢复连续

接着忘记元素
从水开始
接着是土
火中升起

忘记火

一只携带话语的跳蚤

一只跳蚤携带着一包病菌
它边跳边说
这都不是我自己生的
我们各有所长
开头不等于全部
我甚至不知道是谁制造了这些病菌
我不知道谁会利用它们
我并不利用
我只是做好眼前
应该做的
我携带着它们
没有人喜欢我
没有人想和我换位置
可是我不在乎
我跳远
带上一切

有人需要我

人人需要我

我需要我自己

火乃吾父

求 教

树林里我碰见老友在钓鱼
我问了他一个问题
他说等等

潜流里的鱼要跃上来了
可鱼线纹丝不动
我等着
问的问题有关太阳
有关我的双眼
我的耳朵我的嘴
我的心脏地球的四季
我站立的地方
我要去的地方

它从手间滑过
仿佛它是水

落入河中

从树丛间流过

没入远处的船体

脱离我消失

接着夜降临在我站立的地方

我已不记得要问什么

我辨认得出他的线没有鱼钩

我知道我会等着和他一起吃饭

开车回家[1]

我往往害怕
该开车回家的时候
会遇到一辆特别的车
但是这次并不像那样
年轻的夫妇如此友善
我松了口气不必开车
可以看看农场上秋天的落叶

为了看得更清我坐在前面
他们坐在后面
兴致很高
他们大笑他们的衣领竖起
他们说我们可以轮流开车
我定睛看时

① 以下 4 首选自诗集《罗盘花》(1977)。

我们谁都没在开车

然后我们都笑了
我们想着是否有人会注意到
我们说着要一位可充气的
司机
替我们开车不求报酬穿过秋天的落叶

抵　达

搭乘许多小船
渡船和借来的独木舟
白色蒸汽船和重新启用的船体
我们都年轻
到比等待还古老的岸
我们脚踩阴影下的湿沙
每一个动词的夜刚刚开始
我们在山脚下大笑

现在你会不会领我循着杏仁的气味
登上叶子落尽的山
在血红色的夜里
我们把船停下穿过岸上的
灯芯草丛
我的脚没踩到碎瓶子
半掩在沙里

你终究没有注意到它

现在你会不会用你的小手
牵着你的孩子登上叶子落尽的山
穿过荒废的绿色木门
和被遗弃的居所
进入有散漫马匹的草地
我会骑着直到黑暗降临

苹　果

在一串杂乱的钥匙旁醒来
在一间空屋
太阳正高

鸟鸣多么残破如粗糙的长线
鸟一定鸣叫过当它们聚集在那里
伴着睡着了听不见的耳朵
手像波浪一样空荡
我此刻记起鸟儿
可是锁都在哪里

我触碰那串钥匙
我的手鸣响像拂过鹅卵石海滩的浪
我听见在玻璃山的废墟中间
有人醒来
几十年后

那些钥匙冷得在我触碰时融化

只剩一把

属于某个寒冷早晨的门

苹果的颜色

圣文森特医院

想象雨云在城市上空升腾
在那年的第一天

在那个月
我思索我过的生活
眼睛睁开，耳朵去倾听
这些年在圣文森特医院对面
那些云从屋顶升腾

墙砖在白天看来是法式红
嵌着朝南的十字架
遭过轰炸的新古典主义立面柱廊之间
高又暗的缺口
历史的黎明
碎成许多窗户
在开了榫眼的表面

警笛声呼啸越发近了穿过第七大道的车流
救护车在呼啸中卸下病人
很久以前
我便学着不去听
即使警笛声停止

他们转身进去
几乎没有路人停下观望
我也没有

晚上两扇蓝色长窗
一扇短窗在最高层
整夜燃着
许多夜晚，其他的大多熄灭
在哪一层他们拥有
东西

我看到月光下建筑经过老鹳草
夜深了见不到卡车
满月刚过
上层的窗户天空的部分

我望了又望
在圣诞节和新年我都望着它
清早我见到护士四散走向
条条大道
晚上注意到实习医生挤在门阶上
一只脚在门里

我遇到戴着手套的人整天
搬运垃圾
堆放如山高
塑料袋白色层体混杂绿色和
黑色
我看到一堆
着火了，观察软管
喷出的水流末端的烟尘
消防车与那一样近
红色信号和
机器规律的震动整个身体都听得见
我注意到模式化的容器堆在外面
十二街的运货口
无论是食品工厂加工的
为长途飞行准备的脱水食物

还是实验室化验需要的样本
在特定的温度下封存
都是封闭运输

靠近的脸孔从上方凝视
拐杖或管状车轮锁
出去练习走路
停下慢慢转动轮椅
听到各个角落访客的风语
灯变换
热狗在路边递过来
午后
芥末酱番茄酱洋葱泡菜
警察乙醚和洗衣房的气味
重现

我对他们的了解不比我们的报纸多
烟囱冒出烟他们有焚化炉吗
用来干什么
他们觉得应该把那里的
空气保持得多暖和
几扇窗户像是

锡制的
但也许是反光的缘故
我想象过蜜蜂来来往往
在那些门槛上，虽然我从未见过

谁是圣文森特

草　莓①

　　我父亲死时我看到　一道窄峡谷

看起来像是始自　跨越河流
他的出生地　那里并没有河

我正在锄沙地　一小块菜地
为我母亲　暮色越发深
抬头及时　看到农车
干燥的灰　马已经躲藏
没有赶车人　冲进峡谷
拉着一副棺材

　　　　另一辆车
从峡谷跃出　由一匹灰马拉着

① 以下 4 首选自诗集《张开手》(1983)。

一个男孩驱赶　满载
两种浆果　一种是草莓

　　　　那天晚上睡着　我梦见屋子里
东西不对劲　一切都像预兆
花洒里的水　可恶地流淌
某种昆虫　我见过他捏死
在他的浴室墙壁　到处爬
　　　　早上醒了　我站在楼梯上
我母亲已经醒了　问我
想不想冲凉　再吃早饭
而早饭她说　我们吃草莓

向在菠萝地边停下的游客提问

你喜欢你的这片菠萝吗　需要餐巾纸吗
谁给你的菠萝　　你对他们了解多少
你常吃菠萝吗　你从哪里来
和你以前吃的相比　这片菠萝怎么样
你还记得上一次　吃菠萝的情景吗
你知道它的产地吗　多少钱
你记得第一次　品尝菠萝吗
你喜欢新鲜的　还是菠萝罐头
你记不记得　罐头上的招贴画
看着招贴画　你有什么感觉
更喜欢哪个　招贴画还是菠萝地
你想象过　菠萝在哪儿生长吗

你觉得怎么样　这片菠萝地
你以前见过　菠萝林吗
你知道夏威夷　是菠萝的原产地吗

你知道原住民　吃菠萝吗
你知道原住民　种菠萝吗
你知道是如何获得这片土地　成为菠萝地
你知道土地要如何耕作　才能变成菠萝地
你知道要花多少个月　要耕耘多深吗
你知道那些机器的用途吗　惊讶吗
你知道那些容器里装着什么吗　有趣吗

在大片种植菠萝之前　你觉得这里是什么样
你是否觉得菠萝地　代表着改善
你觉得它们闻起来　比之前香吗
你觉得　绵延四周的黑塑料怎么样
你觉得塑料如何处置　在菠萝收获之后
你觉得土地会怎么样　在菠萝收获之后
你觉得种植者懂得最多吗　你觉得这对你自己有益吗

你最近一次在哪里　见到了鸟是什么鸟
你还记得是哪种鸟吗
你知道这里以前　有鸟吗
有鸟吗　你的家乡
你觉得这重要吗　你觉得什么更重要

自从来到这里　你见过原住民吗
他们在做什么　他们穿着什么
他们说着什么语言　他们是在夜总会吗
有原住民吗　你的家乡

你拍照了吗　拍菠萝地
能不能为我　拍一张
这样你们都可以　拍进来
你介不介意　我为你拍照
站到　那片菠萝地前面
你想　回去了吗
是什么促使你　来这里
这　是不是你想看到的
你第一次听说　这片岛是什么时候
当时你在哪里　多大年纪
你第一次看到这片岛　是不是黑白照片上的
用什么词　形容这片岛
那些词是什么意思　既然你来了
你做什么　谋生
你怎么形容　菠萝叶子的颜色
当你看到成排成排的东西　你感觉如何
你愿不愿意梦到　菠萝地

这是你第一次来吗　你觉得这片岛怎么样
你会说什么　用你自己的话说
你最喜欢　岛的哪方面
你要什么　在你旅行时
你哪一天到的　准备待多久
你买衣服了吗　专门为这次旅行
花了多少钱买衣服　在来之前
为了来岛上旅行　合适的衣服容易买吗
花了多少钱买衣服　在到岛上之后
你计划了旅行线路　还是团体游
你喜欢一个人　还是团体游
你们一共多少人　你的票多少钱
次要路线包括在内吗　还是另外付钱
住宿餐饮租车　包括在内还是另外付钱
你已经付过了　还是以后再付
现金支付　还是信用卡支付
这辆车　租了一天还是一周
和你自己在家开的车比起来怎么样
一加仑油　可以开多少英里
在岛上　你想开多远

你逛了哪里　在刚刚过去的三小时里
你看到了什么　在刚才行驶的三英里
你觉得匆忙吗　这次旅行
你觉得花销　值得吗
你多大年纪　想家吗感觉好吗
你在这里吃了什么　合胃口吗
打算带什么礼物　回去
预算是多少　花在礼物上
你买了什么　要带回家
你已计划好　如何摆放每一件东西了吗
你会怎么说　它们来自哪里
你会怎么描述　这片菠萝地

你喜欢在这里跳舞吗　下雨时你做什么
这次旅行　单单是为了消遣吗
和在家时相比你喝得多了　还是少了
你觉得　你现在住的地方怎么样
你出生在那里吗　你在那里住了多久
名字是什么意思　是兴旺的社区吗
你为什么住在那里　你想住多久
房龄多少年　你想卖掉吗

你觉得　以你的家庭背景论
岛能给予你什么　和你年纪相仿的人
有没有变化　你想不想改善
你想不想在这里投资　想不想住在这里
如果想是想住一年　还是几个月
你认为菠萝　前景怎么样

贝里曼[①]

我会告诉你他告诉过我的
战争刚结束那几年
我们那时称之为
第二次世界大战

别急着丢掉你的傲慢他说
年长些再那样做
太早丢掉的话
取代它的可能只是虚荣心

他只建议过一次
调换一行诗里
重复词语的惯常顺序

① 即美国诗人约翰·贝里曼（John Berryman，1914—1972），任教于默温当时就读的普林斯顿大学。

为什么要把一件事说两遍

他建议我向缪斯祈祷
跪下祈祷
在那个角落他说
他真是这个意思

他还没蓄胡子
也喝酒不多可是他
已在自己的浪里深潜许久
斜着下巴歪着头如抢风航行的单桅船

他看上去老得很
比我年长得多他三十几岁
话语从鼻子涌出带着口音
我想这是在英格兰待过的缘故

说到出版他建议我
用退稿附条裱墙
他谈论诗歌满怀激情
嘴唇和长长的手指随之颤抖

他说诗歌中使一切成为可能
并且能够点石成金的关键
是激情
激情无法作假他又赞扬了运动和发明

我还没读过什么书
我问你如何判断
你写的
确实过得去他说没办法

你没办法永远也不确定
直到死也不知道
你写的东西是否过得去
如果你想知道个确切就一行也别写

移　民

你会发现
在某些方面
和你想象的一样
谁也无法预料
你会思乡
有时说得清理由
有时说不清
若有所失
如你在家时感觉到的

有人起初就会抱怨
你只和
脾气相投的人一起
可是只有做过你
做过的
有构想有渴望

夜不能寐一直等待
已经出来了
没有钱没有证件
在你的年纪什么也没有
才明白你做了什么
你在说什么
会为你找到一片屋顶和雇主

也有人起初就会说
你是
暂时地
躲开你的国家
相对新的地点
你的国家成了一种分类
没有谁以同样的方式
记忆同样的东西
你要面对的问题是
什么是该记住的
什么是你
真正的语言
它的源头它的
发音

谁在说

如果你仍依赖旧的用语
你难道不会与
新的言语隔绝
可是如果你扑向新的嘴唇
不也会如打断的声音一样消失
也会如池塘一样干涸
新语言值得信赖吗

你童年时的遗迹是什么
你是不是该零碎记住
染色的棉布和遭蚀的木头
细碎的声音和无法翻译的故事
干油漆上的夏日阳光
越发明亮的白色下午
油漆越发褪色
透明湖岸边的蕨类
或者你该忘记它们
如你在不老的语言之间漂浮
从这边询问到那边你是谁

光的声音 ①

我听到羊群经过残破的石灰岩小路
踩着蜷曲的褐色叶子，叶从胡桃树枝上早早落了
时值夏末，关节屈伸
多么轻盈，我可以
听到它们的咳嗽它们的叫声和喘息甚至是暖的
冒着油汗的羊毛摩擦残墙破壁，我听到它们
一路经过空荡荡的小路，还有时间

穿着黑鞋的女人们慢慢爬着
石蹬去教堂，源源不绝炫目的山
围绕青草般窸窣的声音
在用板条搭的百叶窗另一边
微浪继续在鹅卵石上耳语
一个小时的炙烤，没有风，今天是星期天

---

① 以下 4 首选自诗集《林中雨》(1988)。

句子都没有开始或结束，有时间

又有卡车不断地隆隆驶过
刹车的噪声从街道腾起
我忘了它们正在奔突的是什么季节
人行道上的钻头粉碎的是什么年月
这是你坐在那里的那年
如你早晨还在对我说话，我听到
你穿过燃烧的一天，我触碰你
为了确定而且有时间仍然有时间

雪

落了灰尘在空中翻落
落进下午日光
穿过友人的声音
落了影子穿过门
落了没有翻动的书页落了名字落了脚步声
落到每面墙上肖像
落了白发

落了花朵盛开
落了手触摸并停留
落了迟到的运气和迟到的种子
落了整首音乐
落了山上的光
落了云的时间
落了白发

落了河流陡然变宽
落了鸟儿在空中消失
落了我们一起交谈
落了我们倾听彼此
落了我们一起躺着
落了我们熟睡
落了白发

致继子离开

你要离开很久
谁都不知道该作何期望

我们竭力学习
不把建议掺杂进馈赠

或设想我们能保护你
免于改变

免于被我们不知道的事物改变
总能够躲开

哪怕是我们热爱的海
有着巨浪

以及消失的时日

和墙上的影子

我们一同注视着树苗
我们读报我们嗅闻清晨

我们说不清你的小箱子
该装些什么

和 弦

济慈在写作时他们正在砍伐檀香木森林
他聆听夜莺他们听着自己的斧头声在森林里回荡
他坐在城外山上有围墙的花园里他们想着他们的
　花园在远山上枯萎
词语的声音让他思绪翻腾他们想着自己的妻子
他的钢笔笔尖不停地移动他们渴求的铁令其不快
他想着古希腊的树木他们在红色的花朵下流血
他梦想美酒时树木纷纷倒下
他体味自己的心时他们感到饥饿信心低迷
他想到一首歌时他们身处秘密地点他们永远在砍伐
他咳嗽他们把原木堆在有外籍舰船大小的空地上
他在去意大利的路上呻吟他们在小路上跌倒受伤
他躺着留下诗篇木头出售换来大炮
他躺着望着窗户他们回到了家躺下
万物被另一种语言解释的时代来临

马尼尼[①]

我，唐·弗朗切斯科·德·保拉·马林
丢失的书页大部分略去不谈
我出生时屋子里的光
最初看到的脸他们对我说的话
那天晚些时候我朝东南方
越过世界的绿烟望到了海
我会有我的花园

我起初离开的人
如今已不会认识我
当时我还是孩子

---

① 以下 4 首选自诗集《旅行》(1993)。

关于马尼尼最全面的著作是罗斯·加斯特（Ross Gast）和阿格涅斯·C.康拉德（Agnes C. Conrad）合著的《唐·弗朗切斯科·德·保拉·马林》(*Don Francisco de Paula Marin*，夏威夷大学出版社，夏威夷历史学会，1973)。马尼尼在 1793 年左右来到夏威夷，成为国王卡美哈梅哈一世的翻译官和顾问。——作者注

一路航行经过一条条冰河
看到平坦的兽皮从森林里运出
已远离它们的身体
夜里最后的眼睛从篝火消失
我听到潮湿的身体在空气里行走
不再知道它们在寻找什么
包括它们的语言，到了白天
我记起一些事，我望着兽皮运往岛屿
有这么一天我随着兽皮一起
别人总说我杀了自己的人

我仍然佩剑
身着制服像个长官
我记得清晨的岛
山顶的云投下蓝色的影子
从渐渐靠岸的船上我望着女人
她站在树下望着我们
那时我遇到第一任妻子
生下第一个孩子
我被酋长召见
欧洲人仍唤作国王

我们意识到
彼此需要
我需要庇护
他需要陌生人的语言和意义
他不断试探我是否愿意用
某种草药治疗小疾的方法
我沿着我的路所摸索的
我学习陌生的树叶的名字
和相似的疾病的名字

国王是国王而我仍是水手
我的航行还没结束
我要到达大洋对岸
和耸立的岛屿
多得如南方天空的星星
遇到手我便观察手
还有眼睛和嘴而后我说出
他们觉得宝贵的东西
而后返航回到我的房子还有国王

既然我们这里没有兽皮
他便派人进山

带着斧头寻找檀香木
由挨过鞭打的背扛出来
出售再换来并不需要的东西
到头来白白浪费而我在管理
木头的香气已散
不会再回到山上
沿着小径下去附在发红的脊背上
如皮毛紧附野兽的四肢
香气是青春如今已消失
连我也无法相信它曾属于我们

国王死了他的诸神感到沮丧
我看到大使来了
青灰色的眼睛和阴冷的正义
我却仍然欢迎他们
我的生活这样教我
来到港口树下我的房屋
他们厌恶地盯着
神像那是我儿时的信仰
盯着我的妻子们盯着花瓣和孩子
盯着送来的酒和裸露的
在阳光下成熟的葡萄

听说它们曾在迦南成熟

我明白时候到了这些客人会
说服我改宗
其话语的冬天会向我袭来
毫无疑问我的灵魂
不会在他们的来世要求一个位置
如我此刻所见的这样坚持
如皮毛和香气之于长长的夏天
皮肤和流淌的汁液的味道

我希望整个峡谷成为花园
各地的果实在那里生长
我带来橄榄、月桂、菊苣和迷迭香
小溪上方的山坡长着柑橘
红甘蔗林里滚着柠檬
我的葡萄园被菠萝环绕
香蕉一年两熟
还有疗伤的草药，既然这里不是天堂
每一天都提醒我而且我仍然渴望一个地方
像我认为是我家乡的地方
码头延伸越来越

深入港口这一年还有船只
满载货物从广州和瓜亚基尔来
我照顾衰老的王后们和水肿的大臣
我惊讶地望着我所有的孩子迟来的惊讶
下午内陆海的珍珠运来了
一颗一颗在手指间旋转
我把每一颗高高举起
这么久了我一直这么做
我渴望的颜色和模糊的光又出现了
在我的触摸里又变暖了也仍然在躲避我

兰波的钢琴

忽然在二十一岁
他的诗落在身后
他的手稿两年前就
投入火中而最后的希望
有关言语炼金术已深埋
于尘土下追逐他破烂的

鞋底穿越欧洲而细雪
飞卷进他泥泞的脚印
朝南通往意大利的山口
即使在那时他的鞋也不再
系着里拉琴弦他的指间
又分文不剩而后意大利

与它和善的寡妇
消失在黑暗中，伦敦的

饥饿，魏尔伦的干呕和啜泣
公社的经历
他的巴黎第一次破晓
像毒药渗进他的血液

他又回到那里回到
母亲身边毕竟回来了
却并不是罗什的农场谷仓
破败至少他还有
自己的地狱而夏尔维勒只有
破败巷子阴冷的小屋

窗帘遮得严实像一排
病房昏暗，墙体发臭
苦候樟脑和醋
旧床单和母亲的
黑板，他总想转身
去另一扇门虽然外面

只有夏尔维勒
他觉得他已离开并且不断地离开
现在他的口袋里全是

词典上的一页页
阿拉伯文印度斯坦文希腊文俄文
他一一诵记并教授

德文给地主的儿子
冬天近了试着把
词语变成钱变成数字
那是未来所在但是
总有一些东西数字之于它们
仍意味着和谐

毕达哥拉斯称为
韵律，其中的低音
光从躯体迸发知晓四处
音符是他们的路
那些数字为他们所有
妈妈，他对她说，我要一架

钢琴一架钢琴
他对她说她忧伤的凝视像她丈夫
他离开了她和四个孩子
两个女儿一个生病

奄奄一息，一个儿子始终
不成器，另外这个

她又擦又洗替他系好衣扣
这一个是她这辈子仅剩的希望
大步走在她前面
去望弥撒赢得所有
学校奖项，这一个有冰一样的眼睛
可以成就任何事

可是他什么都不做
只想逃跑就像他的哥哥
留下她和两个女孩站在
河边，告诉她们
他要去寻找一本书真的
登上开往巴黎的火车

没有车票，她担心
他会遇到麻烦，德国人
正朝夏尔维勒挺进，她气喘吁吁
一家家寻找
进咖啡馆打听消息，整晚

在街上寻找

不是最后一次
他已落入警察和
混混的手里，并不奇怪
在他把那些书带回家后
他的研究毫无目的
像流浪汉一样与另外那个闲荡而如今

是钢琴，他给魏尔伦
写信，回信是虔诚的呕吐
监狱衬得效果颇佳
清楚地表明
这冗长的借口不过是
又一个骗钱的把戏之类
于是他刻了
琴键在饭桌上
边练习弹奏音阶边听
他的学生生疏的德语
并且超越这些听到
真实的声音直到母亲

担心起这件家具
这架租来的钢琴由
马车运来如葬礼的一部分
抬进门时惹人咒骂
像匹骆驼放到角落
用来唤醒毕达哥拉斯的

回声，查普蒂埃小姐
写的钢琴练习曲
从夏尔维勒的唱诗班指挥
借来，她对同样的音程
做的注释讲述了

星体间的距离
因此他们唱得结结巴巴
颤抖像受了伤，整个冬天馊臭的
房间，他的姐姐躺着
等死，圣诞节前门口被丧服遮住
雪落下是黑的

来自这一年的死者
落入新生儿碎裂的象牙

离它自身巨大的苦痛遥远沉入
他的日常
它的宣告因此春天来临时他已可以
弹出一串噪声

道路又一次融化
在他眼前通往俄国的景象
维也纳的拱门，小偷的脸
警察的手
又远远地等待着
一直向南和它的孔雀群岛

它的沙漠和损坏的乐器
弃置一旁又成了骆驼
病人踏上他自己的
朝圣，抵达
象群的尽头而它分散的
分子旋转经过不可见的

星体的和声，那个冬天
敲击的音符仍然在听到它们的
头脑中回响，它们源自

油帆布流苏刺绣
遮掩了雕刻的琴键
回应着渐渐关上的门

它们盘旋跟着他的脚步
奴隶路线从来自非洲的信
开头的词语中脱落
无用、不被需要、不被爱
尚未开始如那串假腿的
笃笃声弥补

他失去的腿但从未用过
别人也从未听见如八人合唱
五位主唱二十个
孤儿手持蜡烛
他的葬礼没有特殊意义
一如音符中流过的生命

游　雨

我在黑暗中醒来想起
到了早晨就要
独自启程
我躺着聆听拂晓前
黑色的辰光
你在我身旁沉睡
四周的树充满夜晚斜倚着
静静地在它们的梦里承载着
我们熟睡或苏醒而后我听到
雨点一滴一滴落进
看不见的树叶
我不知道何时开始
突然一切都没了声音只有雨
下方的溪流涌入
匆匆的黑暗

登机牌背面

在机场我独自一人我忘记
身在何处那就是他们做的
一次又一次代价高昂被撕扯的
大厅伸长越过串串回声
我已忘记今天是几号在这片光芒里
会是几点钟这就是那个早晨
我的两只表都找不到
可能会找到表可以再买
早晨却不可以还有苏醒
留下的愿望和逐渐消失的
恒定感我不停地返回这个
修补篱笆的早晨
黑狗钻进水里跟随最近一场
骤雨我一直尝试在我们
住的山谷周围系一条线
我正在打结把它系牢固定在

原位没有变化仿佛这是苏醒

这仿佛这通道这经历

眠　狐①

多年以前我和朋友走在山道上
　　斜坡处转弯一道清澈小溪
流下冲击岩石回声阵阵
　　无法描述且叫人难忘
时值夏末秋初山谷里已是
　　寒冷清晨天边挂着残云
太阳早已升起牧草却如屋顶一样塌
　　光滑的水流抖动的黄叶
几株白杨多瘤李树依然挺拔
　　日光稀薄照得小溪旁静悄悄的
磨坊石板闪着白光在其废墟上
　　若干生命的遗物已理好
在敞开的磨坊前等着
　　日光里的苍白在敞开的山上

---

① 以下 7 首选自诗集《雌狐》(1996)。

它们制造的都已成为过去
　　上面的露珠在蒸发没有人走那条路
谁会买走一件把它带到别处
　　成了罕见之物
无人熟悉一张木床立在岩石上
　　摇篮灰尘的颜色裂口的油罐铁壶
木头轮子铁轮子石头轮子钟的长盒子
　　还有一圈白石一个拥抱大小
下方是一样大小的石头
　　一只铁钉在边缘凸起嵌着
木把手那时让它转动一只手磨
　　凑近看你能发现上面
那圈石头当初被雕刻成
　　卧狐鼻子藏进尾巴像是
睡着了眉眼几乎磨平
　　一圈一圈碾磨谷粒和盐
旋入黑暗旋啊旋旋入记忆

☆

我以为我丢失的我总能找到
　　可是我寻找我以为我记得的

像其他人一样估计却找不到

　　我离开去寻找我该做的

我发现我生活在我是陌生人的地方

　　我顺原路返回熟悉的景象

变得晦涩以及一切表面以及在错误的地方

　　我作为陌生人待过的地方反而成了

我的家呼唤名字并且应答

　　准备好离开并且渐渐离开

☆

他们每次聚集起来他都向大家

　　讲述苏醒时总有个老人伫立聆听

并且第一个离开有一天老人没走

　　你是谁他问老人

老人回答我不是人类

　　很久以前我站在你站的地方

他们围在我面前我向大家

　　讲述苏醒有一天其中一人问我

当一个人领悟到那里究竟是什么

　　他能否摆脱因果之链的束缚

我回答是的话音刚落我变成了狐狸

　　我做狐狸已有五百年
我来这里想问你如何能够
　　摆脱这副狐狸的躯体请告诉我
当一个人领悟到什么是世界
　　他是否就摆脱了因果之链
这一次回答是那个人看见了本真
　　老人说谢谢指教
你使我摆脱了狐狸的躯体
　　你会发现就在山的另一边
我请求你把它埋葬就像对待自己人
　　当天晚上他举行了葬礼
仪式如常可他们说没有人去世
　　于是他领着他们去山的另一边
在一处洞穴里发现一只死狐
　　他向大家讲了经过埋葬了狐狸
就像对待自己人可是后来有人问
　　如果他每次都回答正确又会怎么样

☆

又一次我身处彼地又一次我要离开
　　又仿佛毫无变化

即使一切都在变化然而这一次

　　是一次终结这一次漫长的婚姻结束

轨道崩解又一个秋天

　　田野上的茶色阳光影子

一天比一天长安静的下午

　　填满距离直至太阳落下

穿越峡谷满月自树间升起

　　我出生也是在这个时候那晚

我最后一次看望朋友过了午夜

　　才回小路被月亮映得发白

我越过一道道影子望着前方

　　宽阔的深谷洒满银光

那土地的一角我一次次

　　返回如今要离开

苍白的石砌成的墙脚下我看到

　　草地里的躯体是狐狸是雌狐

刚刚死去丝毫看不出迹象

　　没有血迹毛皮温热周围的草布满露水

没有伤痕完完整整

　　我把她带回家她在清澈的秋晨

离去我把她埋在花园里

　　我站在原地天光越发明亮

☆

有景天黄色的珠子干枯的鸢尾
　　扭曲的叶子捻进了苔藓的
洼地粗石灰岩构成波浪般的矮墙
　　常青藤沿着它们攀爬鼬跑过
光芒燃成金色樱桃树残留的叶子
　　垂在小路上傍屋子烟囱有屋顶
窗户望向花园
　　夏天和冬天有田野在屋子下方
有宽阔的山谷在远远地下方蜿蜒的
　　河流一一经过一缕天空从它穿过
铃儿叮当从它发出如烟般消散
　　那里越过山谷越过墙的边缘
山脉的轮廓我觉得像一行书写
　　归来了在我以为它已被忘记之际

西　窗

开裂的灰泥和拼补的薄砖
　　作隔断用的干朽木板不久前还有生命
通通落下房屋显得空而完整
　　我看见一直在屋里的东西
历经多少出生岁月死亡却无人注意到
　　这些房间一直从属于一个整体
无言的光抚摸地上的碎石
　　仿佛很熟悉以前也曾这样抚摸
窗户继续活着仿佛它们
　　自成一体站在外面每一块都有自己的一块天空
朝南残破的门槛朝着山坡和村庄
　　朝北面向田野和山谷
然而西窗才是迎接似乎即将到来的
　　时刻天光默默地移动穿过
高窗和藤蔓停留在石框
　　劈削的边缘台阶在垂直的岩石上蜿蜒

在小路和花园的墙下落在坡顶墙上的鸽子

　　它了解得多么彻底甚至包括我脚下的尘埃

和地板上的窟窿灰浆碎片

　　它们以前在那里也会在自己的时间里持续

就如在那扇窗透进的光里映照的那样

行路的人

接着我可以走上一整天登上石头
　　山脊经过倾颓的墙小路布满
黑刺李丛继续穿过橡树林和泉水
　　矮崖洞穴入口来到开阔
山坡眺望远处闲适的山谷
　　经过年久失修的牧场最后的羊群
树枝围成的栅栏会只剩下鹪鹩的严厉的颤音
　　从石头间发出或林莺反复的啼叫
跟随乌鸦的鸣叫生了青苔的废墟的静默
　　蜷在山坡的褶皱处
在深深的阴影里有獾秘密的窝
　　没有其他声音这是安静的边缘
即将成为的仿佛它从未如此
　　在又一次出现前的时刻没有中断
有一次我抬头望堤岸正好望到一对小眼睛
　　是野猪盯着我我们盯着对方

四下安静后来他转身走了继续他的
　　溜达有一次我的口袋里装着干无花果
遇到一位老妇人笑着说就是这样
　　她每年都来她用两根手指
拈起一颗无花果说哦多可口
　　还有一个男人总穿着暗色西装闲晃
系着条纹领带或许是从谷仓现身盯着
　　天空喃喃唤着啊啊他经历过事情
在战时他们说他从不拿什么
　　还有饱经风霜的妇人来自偏远村庄
步履匆匆低着头从不看别人
　　她在这里有座房子空着伫立数十载
擦拭桌子清扫地面清理
　　花园里的杂草堆起来阴燃
插上窗户锁上门匆匆往回赶

礼　物

她告诉我她有一株香黄李树
　　说是这一带唯一的一株
她不想声张弄得人人皆知
　　也许几年都不会结果
和别的李树一同开花却没结果
　　来年可能会结香黄李
你知道它们不像别的李子那样大
　　吃过的人才明白它们多可口
她答应我如果结了果就给我尝尝
　　她住的房子小得随手
能拿到任何东西她的花园
　　也不大她在冬天种野苣
在球芽甘蓝之后哦这片冷园
　　朝北春天生长缓慢夏天适宜
其中一棵多结的灰树倚着墙
　　南面是香黄李树花开繁茂

在清晨的阳光里遍布山谷
　　三月的一天一小时一小时地移上山坡
她后来告诉我她觉得结果的
　　年头来了只要别受霜冻她在地里弯腰忙活
消失其间要花好一阵时间
　　才能站直转身走向
大门去忙别的在我这年纪
　　什么都不缺她说我要穿暖和些
那个夏天某晚她站在墙头上
　　递过来一只褐色纸袋底部湿漉漉
香黄李她凑近我耳边说她不想进门
　　我们坐在墙上打开纸袋看哪她说
你怎么能看透它们我们一人
　　一只金色的李子充盈夏夜

季节归来

当春天的阳光照射到村庄如今空荡荡
　　可是起初就是后世
并非一目了然一代人的消失
　　这些屋顶还在见过那些名字出生
在冬天的夜里回来休息在战争之前
　　穿过寒风刺骨的夜狗在牛棚里蜷成一团
黑暗中的羊群挤在一起
　　如今只有货车倒在那里还有废弃的犁
锈迹斑斑的机器残骸久远的钟声
　　凝滞在比冬天还长的寒冷里
再无用处不会在任何生命中苏醒
　　当来自一个更好的世界的休息开始
一年又一年谷仓寂静
　　如今太阳落山城市的灯泡注视村庄
直至午夜枭掠过低屋檐
　　和漆黑的花园借着远逝的星光

财　产

丰厚得数不过来
　　当然它们全都来自土地
来自黑暗的地方在有记录以前
　　它们被手捧着如一串被熄灭的火焰
土地本身被捧着直到它有了
　　主人描述它在法官面前
把它清点划分广阔的土地
　　主人多了城堡扩大
房屋花园田地树林牧场面朝
　　阿让塔山的部分以及贯穿的
路被唤为缪拉的土地田野柯蒂斯山的
　　树林和其他被划定的
附属地区小教堂马厩鸽棚额外的
　　土地小路南面还有因婚姻
死亡购买赔偿增加的部分
　　合法继承人不止一个

遗嘱加长不会遗漏任何
　　家具餐具桌布每面镜子和框架
木桶牛群马匹母猪羊群
　　有帘子的床若干厨房的物什
此外一切私人物品如钱财
　　和珠宝单独列出清单数量可观
等唯一继承人子爵夫人清点
　　觉得乏善可陈婚礼之后
她常常回娘家走亲戚
　　把城堡留给她的
公公看守他耳朵聋得厉害
　　有一天晚上惊雷
滚滚一个劳工的儿子一路
　　攀爬至一扇高窗进了夫人的
卧房他用犁的尖头撬开了
　　她的首饰盒把东西通通拿走
隔了两晚那顶镶着贵重宝石的
　　金冠为庇护九世所赐
也不见了这些消失了的东西
　　在下一次家族婚礼上被人想起
子爵夫人颈间和手腕
　　系着粉色丝带代替她的珠宝
丝带让她被后世铭记

红

那是夏天阳光明媚的一天小路
　　越来越窄四周的橡树
比我在那里平常见到的高得多
　　颜色深得多苔藓丛生如看守看起来
比我见过的一切都古老
　　脚下的土地变得潮湿悬垂的蕨类和
灌木丛之间有一条条水洼
　　透过树叶倒映出天空
在那个时刻鸟群沉寂我继续走
　　穿过凉爽的空气聆听我碰到
一截墙小路通向
　　林子里的一片空地条条小路交汇
树下的残墙时隐时现石砌房子
　　没了屋顶的梁拱在茂密的
树枝间树荫里动物的足迹
　　引向一块高耸的石头中心比那个地方的

石头都暗四面光滑一道道红
　　线贯穿我走近了看到
一个个名字刻进石头每一个名字旁边
　　都有出生日期字母数字刻得清楚
那鲜艳的深红色我读着没有数
　　到底死亡日期他们
遭遇了什么夏天的一天他们
　　从住的房子里被带出来
大部分是老人从出生日期可以看出
　　男人女人还有他们的孩子
德语喝令他们到那个地点
　　枪决后德军把房子一一点燃
动物在里面完毕
　　他们顺着小路走了火焰冲天
浓烟淹没夏天的黄昏淹没温暖的夜

路　人[①]

一天森林里来了一个
从没来过那里的人
这个人像猴子但是更高
没有尾巴也没有那么多毛
直立并且只用两只脚走路
走着走着他听到有个声音救我

路人于是张望他看到一条蛇
巨大的蛇熊熊的火焰
把它包围
蛇试着突破
可是无论转向哪边都是火

---

① 以下 3 首选自诗集《河声》(1999)。《路人》这首诗原是瓜拉尼传说，由厄内斯托・莫拉莱斯记录。

路人便弄弯一棵幼树的树干
爬上去接近火焰他
向蛇伸下枝条
蛇缠住枝条
路人把蛇从火里拉了上来

蛇见自己已获自由
便缠住了路人
越缠越紧
路人大叫不不
我刚刚救了你的命
你却想要我的命

可是蛇说我这样做符合
常理即
善有恶报
他把路人缠得更紧
路人不停地说不不
我不相信那是常理

于是蛇说我证明给你看
我可以证明三次你看好了

他仍然紧缠路人的脖子
双臂和躯干
他松开路人的双腿
走吧他对路人说一直走

他们就这样上路了他们来到
河边河对他们说
每一个人我都帮助看看他们
怎么对我没有我他们都得渴死
却只换来泥巴
和死尸

蛇说这是一

路人说我们接着走他们就走了
他们遇到一棵蜡棕榈树
树干布满创口汁液流淌
树呻吟着每一个人
我都帮助看看他们怎么对我
我给他们吃我的果实为他们遮荫他们却
割我吸我直到我枯死

蛇说这是二

路人说我们走吧他们就走了
来到一处地方听见抽泣声
一条狗把爪子探进一只篮子
狗说我做了件好事
却落得这样
我发现一只受伤的豹
我照顾他帮他恢复

他一有力气
就朝我扑来想吞了我
我逃脱了却被他撕下一只爪子
我躲在洞穴里等他离开
在这篮子里有
加拉巴木葫芦装满凝乳医治我的伤口
可是我把它推得太远够不着

你能不能帮我他对蛇说
蛇喜欢凝乳胜过一切
于是他从路人身上滑下钻进了篮子
等他全钻进去时狗一下子把盖子合上

用力把篮子砸向树干
砸了又砸直到蛇断了气

蛇死在篮子里
狗对路人说朋友
我救了你的命
路人把狗带回了家
像路人对待狗那样对待他

中国山狐

如今我们可以说
有一段时间
经常出现
也许随时

可能冒出来
他们常那么说
也许在他们的
年代的确是这样

我们如何能够肯定
毕竟眼前的证据
稀少得很
他们经常提到

经历了数百年

其时或许
确实常见
于是他们提起它

它的存在他们
肯定人人见到过
会觉得熟悉
他们那时就这样

暗示直到它成为
他们毫无疑问的习惯
如名字的一部分
在那样的环境

完全出人意料
忽然出现
瞪大的眼里的烈火
只有在那时

才注意到
很近的某地他们
一辈子都在打交道

每天经过的

也许都是同一个地方
他们自己刚才
站立的地方有活生生的脸
盯着仿佛它肯定

在跟踪他们
毫无防备地出现
他们可以探究
或逐渐了解

虽然他们研究运用
各种方法
当时他们信赖的
推理演算计策

能告诉他们下次可能
在哪里在何时遇到它
如果他们料中
好像它的行踪

有规律他们可以追溯
如彗星或行星
遥远的
光的路径

可是它从未出现在
他们料想的地方
从未连续地呼应
他们的观点

没有实体的存在
他们常常怀疑
古老的故事和幻觉
来自想象出的过去

都纷纷归结
到传说的角色
同时另一种
传说却在萌生

戏耍那动物
即使它在那里的时候

那无法预料
未被捕获的生物

部分照亮部分生锈
奇闻流传
带着不曾减少的信任
而一次次目睹

变得不同寻常
间接的怀疑
无法证实
渐渐转变成鬼故事

都再容易不过
大多数时候
它仅仅被
单个的人看到

不像它的近亲
低地的猎物
那一代代的
都那样生活

它从未被猎捕
吃下毒饵或被一群
猎狗追赶或被击中
吊起来或被骑或非常疲惫

甚至从未被
同一个人见过两次
它待过的地方
他们又回去探视

无论他们如何
讲述只要他们
还在讲述揭露
更多的往往是他们

观看的方法
看到的是他们的东西
和他们的想法也许可以
让他们在某个

瞬间瞥见

在实际生活里
其实很难看到
在此刻和它自由出没的

地方只隔一瞬
在他们到来之前
山脉葱郁
也没有名字

羊群经过

蜉蝣悬浮穿过它们光的
长夜崎岖的小路
羊纷纷跑过其间影子鸣叫
古老的喉咙又在漱动山坡上
再次沿着熟悉的地方也来自
由前辈承载的钟声音符凝滞
如木头咚咚之于小小的蹄
轻微的震颤踏过磨平的石头
羊羔的叫声飘扬
一浪一浪诉说询问
一个问题进入白日为它们所有
谁也不会知道仲夏小路两侧的墙
比任何人的理解都古老
小路想必是小径在很久以前
在第一批石头在它两侧竖起以前
一段时间里想必是河流的延续

向上穿过树林在那之前

一蹄一爪一足在另一个之前

它们走过的路都还在那里

彗星博物馆[①]

那么感觉事后才出现
其中的一些要在很久之后
才会为我们感知那个时刻
本身难以判断

无所谓时间无所谓记忆
仿佛它不是在天空中
移动亦非把过去燃烧得
更彻底更不会
再如期来临
它消逝之际感觉苏醒

经历一直等候的一天
这是某人拍下的

---

① 以下10首选自诗集《瞳孔》(2001)。

照片我们当时错过的东西

直到此刻我们才记得

阴影的时间

这是马雷向我们讲述的时刻
在我们出生之前
太阳在非洲大陆落下
世纪的幼年
他日渐苍老又开始
使用最大剂量的吗啡　尤金·马雷[①]
观察黑暗中的我们的祖先
我们的同代人身处其后裔制造的
陌生的世界阴影向
他们接近在他们的影子里他辨认出
一片自己的
该自夸了趁着天光未尽
大步走玩耍选择

---

① 尤金·马雷（Eugène Marais，1871—1936），南非博物学家、诗人，著有《猿的灵魂》（*The Soul of the Ape*）。

睡觉的地方近水边
孩童的时间玩耍摇摆
在石头池塘旁太阳落下
四下安静游戏
静止老人
悲从中来接着传出
哀悼声未被命名的一切损失
他称之为日落的
忧郁可是他知道它能够
在其自己的时刻造访就是这里
教堂里唱诗班的位置已烧毁许久
蓝袍子童年忽然
没了声响而失去之深陌生的失去
无法弥补无法命名眼泪
没有词语能描述虽然也许
在后来的黑暗中会再玩耍
在月光下玩耍很久
黑树林又发出歌唱

术　语

在最后一分钟词在等待
之前没被那样唤过不会被
重复或是被记住
一直是个属于家的词
用来言说普通的
日常生命的反复
并非新近选择或经过长久思考
或事后为了评论
会想到它的人是
从一开始就说它的人说遍
它各种用法和语境
最终说出它自己的意义
许久以来它是唯一的词
虽然如今看起来任何词都适用

呼　唤

我父亲在给我讲撒母耳的故事
不是第一次讲也不是完全重复
不是排练也不是坚持他一直给我讲
在空荡荡的绿教堂里地毯和陈年的灰尘
他提醒注意先知的话用久远的语言咕哝
先知在引用与他们相识的上主的话
正在和他们谈话我父亲讲了神
说的话撒母耳听着听见有人在呼唤
撒母耳回答我在这里我父亲说
就该这样回答他告诉我
有人呼唤时就该这样回答
他讲的是想让我相信的故事
讲了正确的应答以及如何该如何说
在那个故事里他想相信的是有人在呼唤

翅　膀

我有位上了年纪的朋友名字
与破晓时第一道光相同
他教授飞翔也就是说他
自己能飞教过
别人飞这成了他们
唯一的特质可是他没教过我
虽然我梦想飞翔我在梦里飞翔
我们见面他和我讲起植物
特意为我留的它们来自何处
每次都不同它们长着翅膀一样的叶子
许多翅膀一样的叶子以及团状羽毛叶子
它们却从未飞过他说或者说几乎
如此尽管有的可以飞也确实飞过
它们飞翔时那就是它们唯一的特质
他说如果现在他教我飞翔
就像在诸多特质上再加一种

无非再多一种他说
他会等待他告诉我转而说起
他的老朋友他们偶尔
聚会回到很久以前他们
并肩作战的地方他们正年轻
也打赢了古老的森林
被摧毁他们返回战场
森林又长成了迎接他们仿佛
不曾经受炮火他们
待在那里树在头顶张开翅膀

致总说自己失忆的朋友

可是你知道你记得我
无论我是谁你都是在和我
说话像以前一样我们都深信

你记得像是被妈妈救了
脱离险境的孩子
她坚持认为他绝不可能
做到其实轻松完成
光线并未变化照耀你面前的
一次落下你望着它

数十载的解释是一把
打开的扇子抵挡四处的光
使彼时重新变暗的事物显现
它们在手边甚至更近
是祖母的老贝戴克旅游指南

让你随身携带
参加诺曼底登陆证明了
具有力量有属于它自己的时间

而名字消逝留下脸孔
婚礼和匿名的仪式行进
它在何处泪水突然从那里涌出
如你看到面孔在沉默中打转
即使他们现在仍在这里你想
听见他们对你说了什么也仍不容易

你前倾身体向我吐露
就像从前你得出某个成熟的
结论那样
如今你最感兴趣的是鸟鸣
你打算遛鸟

致泰德·休斯的挽歌

那时伦敦有数不清的街
总是通往别的地方
走也走不完
有数不清的日子在街上穿行
明年我们还会回来
就像我们赶上接待日

我们不停地走有说不完的话
有时是我们三个有时是两个
一半的话飞舞没有结束
我们竖起衣领经历战争的衣领
秋天在公园春天在山上
冬天在桥上我们开始交谈

连波士顿也有这么多露水
哪怕是明媚的秋天这么多行星悬

在透明房子的门槛上它始终要从我们
周围经过在它发生以前
在心脏停止以前一个接一个
无声的悲鸣开始便不会停止

我们要补充某些句子
在法国或爱达荷我们要
把它们再次震摇出来并且倾听

未被历史或地理捕捉的东西
或完全不曾被有毒的天气触碰的东西
只需要确定地点和时间

及　时

世界曾经终结的晚上
我们听到的爆炸离得不远
喇叭向我们播报
死水上的大火
消耗了没被披露的残余物
反复警告我们
待在室内不要发出信号
你站在敞开的窗前
身后的屋里一支蜡烛的光亮
我们穿上高筒靴准备好
也许不得不去哪里
我们拿来牡蛎坐在
小桌边先用叉子
互相喂食
接着用嘴互相递食
直到一个不剩我们站起来

开始跳舞没有音乐伴奏

我们慢慢地跳

转圈过了一会儿我们哼唱起来

世界即将终结

那么多年那么多夜晚以前

荒　野

透过树林见到水的第一眼
孩子的一瞥
接着是山上
湖的气息
已存在多久
一个整体不曾移动没有言语
本属于一只巨钟的声音
从未离开它

空气中的爪
指引
不见记载的古时候的杓鹬
在夜里飞入
夜的光阴
航行驶入黑暗

它的音调也是如此
还在跨越一年又一年
穿越死亡和死亡
燃烧和离去
缺席
内里携着它
自己的歌

歌唱明亮的水

一年将尽致毛里

虽然我知道你再也不能听见我
你却会继续倾听
像以前听音乐一样
老朋友你听到了什么
我可听不到虽然我在听
穿过三万天的光
你仍能听到我听不到的东西

致我的牙齿 ①

所以尤利西斯的
同伴那些
仍然跟随他的在经历
那些夜晚在马腹里海上的航行
登上其他岛屿伙伴
一个接一个痛苦地失去
正在返家的那个
光秃秃的白昼迎向
他们自己后来的岁月
如今他们浑身伤疤
晒得黝黑衣衫褴褛有人
伤得难以辨认
仍然思念从他们身边
被带走的那些人

① 以下 4 首选自诗集《新诗》(2004)。

和他们一起长大的
一直任劳任怨
别无所求

在老地方围坐
穿过一个个山谷
提醒他们自己
他们是幸运儿
一起到达他们属于的地方

可是他会留在那里吗

致年纪

是时候告诉你
这一路你也许
已经猜到的同时
不让它把你吓到
你是否记得你曾经
多么喜欢跪着向
后窗外张望
你的父亲正在驾驶
接着是愉悦的线
你望着世界出现
在两侧从下面出现
你们一起
进入地点自无有之地
变得越发漫长
你会对它哼唱
并非出于满足而是

为了记录既然没有时间
沿它涌出
看着世界变
小当它距离你
越来越远变得长了
更长了可是仍然在那里
哎它不像是那样
可是一旦它脱离视野
它就不在任何地方
以及那晚的梦
无论是否记得
无论它从
何处到达一路上
穿过你一定变得
更短即使你
看着它出现并消失
你仍然说不清怎么回事
你甚至无法分辨
从隧道准时
驶出的地铁
是来自过去
还是未来

致灰烬

每棵绿树把
它们的年轮带给你
变宽的
年轮带给你
不久便向你抛下
他们的王冠
他们立刻消失
不再以
它们自己出现

哦你自己的季节

现在从谁开始连
火也从绿色的声音中
爬出
以及夏日

从被说出的
名字和他们之间的词语
互相混合的夜一双双手
希望一张张脸庞
那一圈圈的年月在火焰里
起舞我们此刻看着
事后
在这里在你面前

哦你没有
我们能够设想的开始
没有我们能够预料的结尾
我们建你的时候
还不了解我们自己

在这个我们自己的季节

2001 年 9 月 19 日

致急躁

别盼望你的日子快点儿过去
我母亲说过那一天我看着
她的话
刹那间已不在
之后的时日也不在了
甚至是我记得的时日

尽管手牵住猎狗
在去打猎的路上
它们面前跃动的
敏捷的鹿已经不见踪影
超越得无比迅速
她知道会是如此

如同她告诫我一样
总是喊我回家

注意包围我的时刻
正充分利用它的时间
并且愿意这样虽然我
听从她的话
又一次唤醒我
注意在那里的呼吸

你也一直贴近
我的耳朵低语
饥饿的秘密
为尚且不在那里的奖赏
脸孔的模样皮肤的触摸
另一座山谷里的光
劳作的欢欣或
故事的结尾词
若是没有这些你会觉得
世界尚未完成
快快你重复
它不可能太快

而你知道它能够
而且你知道它会是

你的尾声只要
它抵达
你发觉别的东西丢了
我知道我必须谢谢你
因你坦率地表达不满
那引我走向何处
是的是的你指引了我
可是如今难以看清的
是尘世匆匆